DORMEZ BIEN, MME MING

Texte de Sharon Jennings
Illustré par Mireille Levert

Annick Press, Toronto,
Canada

Conception graphique: Pol Turgeon

Traduction: Christiane Duchesne

Annick Press tient à remercier le Conseil des Arts du
Canada et le Conseil des Arts de l'Ontario pour leur aide.

Données de catalogue avant publication (Canada)

Jennings, Sharon
    (Sleep tight, Mrs. Ming. Français)
    Dormez bien, Mme Ming.

Traduction de: Sleep tight, Mrs. Ming.
ISBN 1-55037-330-7 (rel.) ISBN 1-55037-333-1 (br.)

I. Levert, Mireille. II. Titre. III. Titre: Sleep tight, Mrs. Ming.

PS8569.E77S514 1993   jC813'.54   C93-093892-5
PZ23.J47Do 1993

Composé en Fenice par Zibra, Montréal, QC.

Les illustrations de ce livre ont été réalisées à l'aquarelle.

Distributeur au Canada hors Québec et aux États-Unis:
Firefly Books Ltd.
250 Sparks Avenue
Willowdale (Ontario)
M2H 2S4

Distributeur au Québec:
Diffusion Dimedia
539, boul. Lebeau
St-Laurent, Québec
H4N 1S2

∞ Ce livre est imprimé sans produit acide.
Imprimé au Canada par D.W. Friesen & Sons Ltd., Altona, Man.

Madame Ming
vient à peine
d'éteindre sa
lampe de chevet
qu'elle entend
tout à coup
un drôle de bruit.

«Ciel!» soupire
madame Ming.
Elle bondit de son lit
et court à la chambre
de Jérémie.
«Qu'est-ce qui se passe,
Jérémie?» murmure-t-elle.
«Il y a quelque chose
qui m'a jeté en bas
de mon lit», fait Jérémie.
«Mon Dieu!» s'écrie
madame Ming.
Elle borde d'abord Jérémie
dans son lit et, d'un regard,
fait le tour de la chambre.
«Hé vous, espèce de
quelque chose! Si vous
avez décidé d'embêter
Jérémie, vous allez
cesser immédiatement!»
Puis, pour se rassurer,
elle jette un coup d'œil
sous le lit. «Tout va bien aller,
souffle madame Ming.
Dors bien, Jérémie.»
Et elle retourne dans son lit
sur la pointe des pieds.

Madame Ming vient à peine
de secouer ses oreillers qu'elle entend
tout à coup un drôle de bruit. «Ciel!» soupire
madame Ming. Elle court à la chambre de
Jérémie. «Qu'est-ce qui se passe, Jérémie?»
murmure-t-elle. «Il y a quelque chose qui a
volé mon ourson», fait Jérémie. «Mon Dieu!»
s'écrie madame Ming. Elle ramasse l'ourson
sur le plancher et, d'un regard, fait le tour de
la chambre. «Hé vous, espèce de quelque
chose! Si vous avez décidé d'embêter Jérémie,
vous allez cesser immédiatement!» Puis, pour
se rassurer, elle jette un coup d'œil dans le
placard. «Tout va bien aller, souffle madame
Ming. Dors bien, Jérémie.» Et elle retourne
dans son lit sur la pointe des pieds.

Madame Ming
vient à peine de
s'installer pour
faire du yoga
qu'elle entend
tout à coup
un drôle de bruit.

«Ciel!» soupire
madame Ming.
Elle court à la chambre
de Jérémie.
«Qu'est-ce qui se passe,
Jérémie?» murmure-t-elle.
«Il y a quelque chose
qui m'a fait peur»,
fait Jérémie.
«Mon Dieu!» s'écrie
madame Ming.
Elle serre Jérémie très
fort entre ses bras
et, d'un regard, fait
le tour de la chambre.
«Hé vous, espèce de
quelque chose! Si vous
avez décidé d'embêter
Jérémie, vous allez
cesser immédiatement!»
Puis, pour se rassurer,
elle jette un coup d'œil
dans le coffre à jouets.
«Tout va bien aller,
souffle madame Ming.
Dors bien, Jérémie.»
Et elle retourne dans son lit
sur la pointe des pieds.

Madame Ming vient à peine de commencer à compter des moutons qu'elle entend tout à coup un drôle de bruit. «Ciel!» soupire-t-elle. Elle bondit de son lit et court à la chambre de Jérémie. «Qu'est-ce qui se passe, Jérémie?» murmure-t-elle. «Il y a quelque chose qui a caché ma doudou», fait Jérémie. «Mon Dieu!» s'écrie madame Ming. Elle trouve la couverture de Jérémie sous le lit et, d'un regard, fait le tour de la pièce. «Hé vous, espèce de quelque chose! Si vous avez décidé d'embêter Jérémie, vous allez cesser immédiatement!» Puis, pour se rassurer, elle jette un coup d'œil sous la commode. «Tout va bien aller, souffle madame Ming. Dors bien, Jérémie.» Et elle retourne dans son lit sur la pointe des pieds.

Madame Ming
vient à peine de
reprendre
sa lecture
qu'elle entend
tout à coup
un drôle de bruit.

«Ciel!» soupire
madame Ming.
Elle court à la chambre
de Jérémie.
«Qu'est-ce qui se passe,
Jérémie?» murmure-t-elle.
«Il y a quelque chose
qui a mouillé mon lit»,
fait Jérémie. «Mon Dieu!»
s'écrie madame Ming.
Elle change les draps du lit,
Jérémie change de pyjama et,
d'un regard, madame Ming
fait le tour de la chambre.
«Hé vous, espèce de
quelque chose! Si vous
avez décidé d'embêter
Jérémie, vous allez
cesser immédiatement!»
Puis, pour se rassurer,
elle jette un coup d'œil
derrière la porte de
la salle de bain.
«Tout va bien aller,
souffle madame Ming.
Dors bien, Jérémie.»
Et elle retourne dans son lit
sur la pointe des pieds.

Madame Ming commence à boire son lait chaud lorsqu'elle entend encore un drôle de bruit. «Ciel!» soupire madame Ming. Elle court à la chambre de Jérémie. «Qu'est-ce qui se passe, Jérémie?» murmure-t-elle. «Il y a quelque chose qui me rend triste», fait Jérémie. «Mon Dieu!» s'écrie madame Ming. Elle chante une berceuse à Jérémie et, d'un regard, fait le tour de la chambre. «Hé vous, espèce de quelque chose! Si vous avez décidé d'embêter Jérémie, vous allez cesser immédiatement!» Puis, pour se rassurer, elle jette un coup d'œil derrière les rideaux. «Tout va bien aller, souffle madame Ming. Dors bien, Jérémie.» Et elle retourne dans son lit sur la pointe des pieds.

Madame Ming se met à ronfler très fort lorsque quelque chose la réveille. «Ciel!» crie madame Ming. Elle bondit de son lit et court à la chambre de Jérémie. «Réveille-toi, Jérémie, dit-elle. Il y a un terrible orage dehors!» «J'aime les orages», s'écrie Jérémie. «Mais j'ai peur!» fait madame Ming. «Mon Dieu!» soupire Jérémie. Jérémie installe madame Ming dans son lit et la borde bien soigneusement. D'un regard, il fait le tour de la pièce. «Rien ne pourra venir t'embêter ici», dit Jérémie. Puis, pour se rassurer, il serre bien fort la main de madame Ming dans la sienne. «Tout va bien aller, souffle Jérémie. Dors bien.» Et c'est ce que fait madame Ming.

Dans la même série :

• Jérémie et Mme Ming

• Une journée avec
Jérémie et Mme Ming